¿Qué quieren las mujeres?

Teoría de Cuerdas

ISBN: 978-987-86-7601-2

Introducción.

Teoría de Cuerdas (alegoría cuántica del multiverso), es un poemario compuesto por 50 (cincuenta) textos escritos en prosa poética. En él, se desarrolla la experiencia vivencial y analítica de 10 (diez) años consecutivos de libertad emocional, sexual y suelta, sobre el estudio del alma femenina, escrito en rapsodias.

Es un libro de contenido filosófico, poético y vivencial. No obstante, basado en hechos reales. Los hechos y personajes de estos testimonios no deben tomarse en serio, sino en serie. Ya que se caracteriza por ser narrados con sátira, juegos verbales, y cantos a la vida.

La idea del mismo, a partir de la gran pregunta jamás contestada por el padre de la Psicología, Sigmund Freud; a pesar de sus 30 años del estudio del alma femenina "¿Qué quiere una mujer?"; es contestar la incógnita. Y así se realiza a lo largo de la recopilación poética. Desde ya, no se buscó desmentir a nadie, sino continuar un camino recorrido, y de ser correcto, redimir errores sueltos sin ánimos de faltar el respeto. Sino lo contrario, ya que busca la unión entre Hombres y Mujeres; tan separados en los tiempos que corren.

A lo largo de las prosas, se encontrarán diversos autores, escritores, filósofos, activistas, poetas, psicólogos y psiquiatras mixturados.

Con estilo críptico, el cual en cada metáfora que la realidad cierra la puerta, hay enésimas ventanas abiertas para liberarse a la imaginación para encontrar la realidad que estará al alcance los ojos, si estamos dispuestos a jugar, y armar el cubo mágico.

Es un tomo de poemas muy sencillo de leer, siempre y cuando, se le dedique el tiempo necesario para abrir las ventanas para descubrir.

¡Gracias, más gracias que nunca!

Franco.

Franco. (Franco Tripelli)

Escritor, Poeta, Cuentista, Novelista y Feminólogo.
Rosario, Domingo 24 de enero de 1988.

Escritor invitado en la *9na Muestra de Pintura y Poesía*,
organizada por SADE, (Sociedad Argentina de Escritores) sección
Rosario 2008.

Campeón de la *I Olimpiada Rosarina de Poesía*, Rosario 2008.

Mención Especial *Concurso Julio Cortázar, Editorial Musas
Argentinas*, Buenos Aires 2008.

Autor del libro *"Amor Inaugural"* (novela), Rosario 2009.

1er Premio en Cuento, *XIII Encuentro Internacional de Poesía y
Arte O.G.A*, Córdoba 2009.

Escritor invitado en "Calidoscopio" (Antología de Poemas, **Premio
Oro-Diamante**), *XIII Encuentro Internacional de Poesía y Arte
O.G.A*, Córdoba 2009.

Corazón de Plata en *XIII Encuentro Internacional de Poesía y Arte
O.G.A*, Córdoba 2009.

Mención de Plata a la Poesía Americana en *XIX Encuentro
Internacional de Poetas y Narradores O.G.A*, Córdoba 2009.

Coordinador de las *II y III Olimpiadas Rosarinas de Poesía*, Rosario
2009 y 2010.

Vocal Suplente en el *Círculo de la Prensa Rosario*, Rosario 2009 -
2010.

Director de Depto. Juventud *Círculo de la Prensa Rosario*, Rosario 2009 -2010.

Autor del libro *"Juego Perdido"* (cuentos), Rosario 2011.

Creador y Conductor del bloque, **"Literatura Rebelde"** (Radio Nacional), Rosario 2011.

Jurado en las *VII Olimpiadas Rosarinas de Poesía*, Rosario 2017.

Creador, Productor, Guionista, Editor, Conductor e Interprete en **"Literatura Rebelde"** (YouTube e Instagram), Rosario 2020 - ...

Presidente de Jurado *IX Olimpiadas Rosarinas de Poesía*, Rosario, 2020 (Edición Pandemia).

Premio Comunicador Solidario, declarado de *Interés Municipal por el Concejo de la Municipalidad de Rosario*, Rosario 2020.

Índice

Perfume de payaso.

De una mujer puedo tolerar todo:
celos, histerias, escenas, planteos, acosos,
obsesiones, astrologías, brujerías
y hasta religiones basadas
en pepinos y pan lactal.
Pero, eso sí, si hay algo
que no puedo soportar...
es que sea aburrida,
magra, sin alma.

Una mina aburrida no condice
con las cosas que podemos
hacer con nuestros cuerpos...
me tardaría la vida y el postre
en explicarle que 1+1
también da 69.

Franco.

Nos quisimos.

Nos quisimos en blanco,
cuando estábamos callados.
Nos quisimos en negro,
cuando estábamos
en nuestros días más oscuros.
Y nos quisimos en gris,
cuando estábamos tristes.

Nos quisimos también
en los otros colores…
pero ahí se quiere cualquiera.

Nos quisimos en todos los idiomas,
incluso en alemán, que es un quilombo.
Y en japonés, que sin entenderlo nos quisimos.
Nos quisimos cuando hablábamos el mismo idioma,
pero ahí también se quiere cualquiera.

Juntos o separados…
siempre… nos quisimos…
y eso… no lo puede decir cualquiera.

Franco.

No entiendo.

Soy más básico que tu inglés,
pero cuánta gente que no le llega
ni a los tobillos
de su propio ego. ¿No?

Si la √9 es igual a 3,
$E = mc^2$,
2 átomos de hidrógeno
más 1 de oxígeno
forman 1 molécula de agua,
y la suma de 3 lados iguales
compone un triángulo equilátero...
¿Por qué 2 personas
que se quieren
me está dando 0?

Franco.

Después de todo.

Sí, lo sé… estás agotado, lo diste Todo. ¿No?
Y otra vez te quedaste con las manos vacías.
Ahora con esas manos te agarrás la cabeza,
sacudís los pelos
que encima se te caen cuatro o cinco por los nervios:
te dieron un Pearl Harbor en el pecho.

Destapás cuanta botella aparezca
con tal de que salga una idea genial.
Tu mundo es un caos,
pensás que exterminaron a la raza humana
y te creés el ermitaño del siglo XXI.

Te preguntás "¿Cómo puede ser?"
Pero "Es", y punto.
"Y pero si yo por ella ésto, aquello y lo otro."

Y punto, macho.

Buscás entenderlo… y lo siento mucho,
no lo vas a entender;
éstas cosas no se entienden, sólo se sienten.
Y ya sentiste demasiado… hombre…
…a ver…
¿nunca te pasó que saliste a correr,
y corriste tanto que al día siguiente
te dolían las piernas?
Bueno, es el ácido láctico…
y para que el dolor se vaya hay que elongar.

Elongá… amigo mío… elongá
que el corazón, después de todo,
no es más que un músculo.

Franco.

No hay vuelta que darle.

Llegué a mi casa con ojeras en el corazón
después de un día largo de trabajo.
Solté las llaves, que, se arrastraron
rayando todo el mueble.

Fui a mi habitación y dejé el maletín.
Entré al baño. Desabroché el primer botón de mi camisa
y empecé a sacudir el nudo de corbata Windsor,
de izquierda a derecha, mientras, me miraba al espejo.

Clavé mis ojos en el reflejo de mis pupilas...
y apoyé mis manos sobre la pileta
sosteniendo todo el peso de mi cuerpo.

Entonces, una voz me susurró
muy enigmáticamente entre oídos:

... "Llamala" ... "Llamala" ...

Supuse que era la voz de la conciencia
ya que no vi en el reflejo de mi espejo
que mi boca se moviera.

Abrí la canilla, me enjuagué la cara
y volví a mirarme en el espejo.

... "Dale, llamala" ...

Escuché de nuevo.

Me sequé, apagué la luz y desde afuera
ya sonaban las primeras gotas
de una lluvia pronosticada desde

la primera nube de la mañana.

Tenía que hacerlo...

Decidido, saqué el celular de mi bolsillo
y la busqué en mis contactos:
"Nancy Periodista"
"NN Rubia",
"Problemas",
..."PROHIBIDO"...
¡Ahí estaba!
Suspiré profundamente,
creo que sentí algo de taquicardia
pero me armé de valor y por primera vez,
en toda mi vida, la razón y el corazón,
hicieron un pacto entre caballeros:
Pulsé el ícono con el teléfono verde.

...Llamando...

-Hola Frani...

Qué suerte, atendió en el primer intento.
Escuché esa voz, la voz que tantas veces
había traído luz en mi mundo de tinieblas;
su voz me devolvió los recuerdos.

-Hola... discúlpame que aparezca así...
de golpe... después de tanto tiempo...
Sí, sí... ya sé que yo fui quien decidió
no volver a vernos la última vez, pero...

Te escucho; dijo expectante.

-Pero estuvieron diciendo todo el día

que iban a caer soretes de punta,
quería saber si estabas bien o te lastimaste.

Franco.

Siempre hay una última vez para todo.

Te vi y no me hablaste,
pensé que estaba todo bien entre nosotros
¿Te pasa algo conmigo?, preguntó en un mensaje
después de vaya a saber uno cuántos meses de silencio.

Un silencio pesado... un silencio que ella eligió...
un silencio tan duro que me noqueó 15 veces
antes de caer al suelo.

No sé quién sos, contesté.

Como con la fuerza de la Garganta del Diablo,
en una catarata de letras servida con sopa rancia,
fueron llegando sus respuestas:

¡Me eliminaste!

¡Son todos iguales!

¡Ya te olvidaste de mí!

¡De todo lo que vivimos juntos!

¡Las cartas! ¡Los días!

¡¡¡Las noches!!!

¡El amor que nos dimos!

¡Ya te olvidaste de lo que prometiste!

¡De la casa! ¡Los hijos!

¡De las perdices que me ibas a cocinar!

¡Insensible de mierda hijo de puta!

¡¡¡Me eliminaste!!!

No entiendo...
ella me eliminó de su vida,
y no hice tanto berrinche.

Franco.

El vaso de la Bestia.

"La de veces que nos encontramos en algún libro,
nos abrazamos en algún párrafo,
nos besamos en alguna frase,
pero siempre volvimos a la realidad en algún punto."

Recitó desde una servilleta de papel
doblada en cuatro partes iguales sobre la barra,
manchada de vino tinto
con la circunferencia de la base de mi copa.

¡Ja! Ya no sos el mismo de antes,
ese hambriento cavernícola
de testosterona revolucionaria
que despellejaba desde los huesos
al mundo de las mujeres...
parece como si ahora tuvieras sentimientos.

Puede ser, contesté, ahora alimento mi bestia
con tofu, zanahorias y zapallos...
y mi autoestima, quizás, esté atravesando
por la picadora de carne de un corazón roto.
¿Contenta? Dame ese papel,
que yo no veo tu tanga cuando estás indispuesta.

¿Sabés cuál es tu problema? Dijo entre ganchos
comenzando a repicar el tambor de batalla,
es que estás con zorras, gatos, mujeres de mala rep-;

cansado es escuchar el diagnóstico reiterativo
en los que se bañan con agua bendita,
la interrumpí poniendo mi mano en su rostro
que dibujó la boca de un pez, mientras
bordeaba con mi brazo su cintura atrayéndola a mí.

Estás tan ocupada buscando mis defectos
para dejarme en carne vivan el corazón…
en vez de disfrutar el tiempo en el que somos dos; dije.

Acerqué mis labios a su boca mientras mis dedos
respiraban su piel de mil primaveras.

¡Soltame! ¡Forro!; gritó.
No se puede estar con alguien que piensa en otra.

Me empujó, se paró en la puerta y sentenció:

Siempre la misma historia. ¡Abrime!

Y le abrí, dejé que se fuera…
podría haberle aclarado
que era ella la de la servilleta, pero…
el que ve el vaso medio vacío,
se muere de sed.

Franco.

Alcoholemia.

Tené cuidado que la vi; me dijeron,
mientras tomábamos otro champagne
en la barra de aquel boliche,
después de la enésima botella de vodka;
pasó por al lado nuestro, finalizó.

Sí; contesté, es ella… mirá… ahí está…
con un tipo… agarrándolo de la mano…
sacándose fotos… abrazándolo…
sonriendo… en mi cara…¡Ja!

Fue entonces que regurgité
cenizas de mariposas incineradas tiempo atrás,
y di mi espalda al mundo,
a ese mundo del cual al fin había logrado escapar.
Porque nada tiene de fácil romper el espejo
en el que te veías reflejado tan elegantemente,
ya que cada vez somos una sociedad más narcisistas.

¿Estás seguro que es aquella? Estaba en la otra punta,
no veo un carajo, para mí que no; dijo uno,
que intentaba apañar un súbito dolor de estómago revuelto.

Sí, boludo, estoy en pedo y veo doble,
es ella; contesté.

¿¡A dónde vas, loco de mierda!?
Gritó después de que un latido muy auténtico
ensordeció todas las voces en mi cabeza.

Me paré frente a ella, corrí a un costado al flaco,
la miré suspensivamente, y dije:
Que yo no haya cambiado cuando estuve con vos,
no significa que no te haya querido.

Nunca me aceptaste. Te quise siendo yo,
y no lo que pretendías que yo fuera.

El joven atinó a tomarme del brazo,
pero me zafé bruscamente de un tirón
y le clave la mirada como dardo al corcho.

Volví mi vista nublada hacia ella,
puse la palma de mis manos en sus mejillas,
y nuestros labios en fusión, como máquina del tiempo,
nos llevó a los mejores momentos
de un pasado con arrugas.

Ya vamos a volver a vernos,
para querernos piel a piel; dije y me fui
sin antes ver una sonrisa que me dibujó en la mirada.

… después de ese momento…
mi memoria sufrió un apagón simultáneo…

Al día siguiente,
un sol que entraba por mi ventana
hizo que despertara con algo más que una resaca.

¡Qué carajos hice! Pensaba al ver su silueta
que sobresalía en mis sábanas.
¡Corazón idiota! dije por dentro ¡Me traicionaste!

Y mientras insultaba a los 4 vientos y 7 mares
a la parte de mi personalidad más pasional,
sonó mi celular… era un mensaje de texto:

"Te aviso que no te saludé;
no por hacerme la reina o estrella,
sino porque el que se encargó
de bloquearme y forrearme fuiste vos…

asique que te vaya súper.”

Qué alivio... todo, todo, todo
y absolutamente todo seguía igual,
incluso sus hipócritas reproches.

Franco.

Gente artificial.

Triste era moderna la nuestra,
el Futuro puso en peligro de extinción al Amor.
Enredados de redes sociales,
las Sodoma y Gomorra virtual;
donde cualquier imbécil se cree galán 5 estrellas
cuyo pasaporte a la ciudad de las perversiones
es un dispositivo electrónico.

Cupido dispara rayos láser,
que en vez de clavar, nos quema.
Las flores sólo decoran tumbas,
no hay minas que las quieran,
ni tipo que las tengan.
Los carteros sólo reparten impuestos,
los arquitectos ya no diseñan casas de familia,
los banquitos en las plazas del Primer beso
ahora son la pensión de los vagabundos,
y los ositos de peluche, por depresión, van a terapia.

Tengo ganas de enamorarme,
pero no sé de quién.
Jodida generación del capricho exprés.

Hablar con el corazón...
ya es una lengua muerta.

Franco.

Juramento Hipocrático.

¿Otra vez? ¡Estás loco!
Deberías controlarte un poco; me dijo,
si seguís así te vas a terminar muriendo.
¡Vivir te mata! ¿O todavía no te diste cuenta?
le dije para que me dejara de hinchar las pelotas.
¿Cuántos inmorales conociste? ¿Highlander?
¡Si es un personaje que apenas vive
lo que dura una película!

A veces veo tus ojos; dijo tomándome de las manos,
y mientras escucho tus razonamientos,
me pregunto asustada:
¿Con qué Napoleones estás charlando?
¿Con qué molinos se enfrentan tus Quijotes?
¿Con qué megalomanía intentás salvar al mundo?

Pero peor… ¿Qué filántropo está en constante desamor
con la humanidad que lo rodea, y, sin embargo,
pone en Jaque su propia vida
en cada movimiento con tal de salvarla?
¡Estás loco, loco!

La gente habla mucho, tanto como uno quiere escuchar;
pero esta vez ella me hizo una trepanación
a lo William James y sus "Principios de la Psicología".
Quité sus manos de las mías, me paré dándole la espalda,
y contesté cruzando los brazos sobre mi pecho:

Siempre me molestó el arquetipo humano moderno
que siembra el egocentrismo…
y ahora cosechamos la avaricia del Planeta Mierda
que sufre la pandemia de hipocresía.
La gran mayoría saca una ventaja para su beneplácito,
cierta gente parece demonios con sotana…

es una sociedad tuerta por la mirada del ombligo
que se cree el centro del mundo
y ni siquiera es la mitad de uno mismo.

Volví a darme la vuelta, clavándome sobre su mirada:
Hemos desviado el camino…
y vagamos por la autopista del estrés, los malestares,
los disgustos, la bronca constante,
la confrontación con el que piensa distinto;
hoy las personas se escuchan cerradamente entre sí
sólo para reforzar su propio argumento de vapor.
Y continué diciendo…
Existen tres clases de personas en la vida:
"Los Buenos, los Malos y los Testigos";
mientras que los testigos sigan dejando actuar a los malos…
la estadística siempre será 1 a 2 en favor de los hijos de puta.

Y aunque me lleve a la soledad crónica
de levantarme por partes, como ayer,
que creo que dejé dos brazos en la cama,
y mis ganas de vivir se vayan desintegrando
como un castillo de arena a orilla del mar…
hice el Juramento Hipocrático
de meterme en el medio
de un quilombo para resolverlo,
deshuesar la mano al ladrón,
quitarle los dientes a la sonrisa de la falsedad
y, por sobre todas las cosas,
reaccionar en las situaciones límites…
porque no soy médico, policía o bombero;
de chico quería ser presidente,
pero ahora de grande ni Ciudadano…
sólo me queda Ser Humano.

No, definitivamente no sos normal.
me dijo con lástima.

Tomé asiento, llevé una de mis manos a mi frente
para sostener el peso de mi cabeza, y continué diciendo:
Parece que se paga con etiquetas de locura,
y en verdad sólo conservo mis neuronas en almíbar.

Voy a darte la razón...
tengo mi propio manicomio en la cabeza
y cuando todos los pensamientos
van corriendo a lo loco de acá para allá...
los mando de safari para jugar con las bestias salvajes
que habitan las pasiones de mi pecho;
porque siempre la naturaleza de mi ser
fue mejor que los chalecos de fuerza.

Pero yo te amo; dijo, por eso me preocupo.
Y moviendo mi cabeza en vaivén
con un dejo de escepticismo, respondí:
Cuando me hablan de amor,
no es que no escuche... es que no veo.

Franco.

El que hace trampa, pierde.

Y la vida va pasando...
más rápido que las oportunidades;
dijo desnuda, al encender un cigarrillo.
No sé por qué sigo viniendo acá.

Después del sexo, habitualmente,
el dormitorio deviene en confesionario:
¿Qué te dieron ellas
que yo no te pueda darte? preguntó.

Nunca pises la huella de una ex novia...
no sólo porque puede quedarte grande;
si no porque lleva los pasos equivocados
hacia el final del camino de un amor
que ya fracasó.

Ya no sé qué hacer para que me quieras,
si sólo pudiera estar en tu cabeza,
te cambiaría ese corazón tan deshabitado.

En el fondo te quiero, contra la pared;
dije y diplomáticamente volví
a convertirme en emisario del beso francés
para arrancar el segundo round.

No podés estar en mi cabeza,
ni siquiera yo estoy ahí; balbuceé
para descomprimir la situación.

Va a ser mejor que me vaya;
dijo dándome su espalda desalada...
la perfecta imagen de un ángel
que había perdido sus plumas.

Estás muy enamorado
de tu soledad; sentenció.

Va a ser mejor que no vuelvas; respondí,
quien confunde Libertad con Soledad,
está mezclando pólvora con fuego.

Más allá de no haber sido yo quien propuso
ser sólo una diversión momentánea
desde el beso cero…
a uno no lo pueden andar jodiendo
con el hoy te quiero y mañana no.

Ahora ella quería cambiar las reglas
por andar perdiendo…
y en el juego de Damas, no existen caballeros.

Franco.

Tengo corazón, no una verruga.

No se trata del huevo o la gallina,
si no de que para llamarla "Relación"
se necesitan ambas partes.

Hoy por hoy, sumado al día de mañana,
es igual a la raíz cuadrada
de dos huevos rotos;
ya que me siento Físico Cuántico
en cada respuesta para calcular
las susceptibilidades.

Se pone en tus manos todas las inseguridades
y como si fuesen pelotas de fuego
vas haciendo malabares para divertir.
Eso sí, ni se te ocurra dejar caer una al suelo,
aunque sea accidental,
porque un apocalipsis de jinetes en pony
viene a decirte que no servís para nada.

¿Con qué criterio se le exige ser
el más azul de los Príncipes,
cuando Cenicienta se escapa
por la tangente a la madrugada
con el primero que maneja una calabaza?

Se está tornando muy aburrida la cosa,
y nos estamos desencontrando, tanto...
que nos vamos convirtiendo en números,
porque no nos damos -ni siquiera-
el tiempo de ser un recuerdo.

Y así, incluso en calabaza, todos los caminos
conducen a Roma con pan y circo:
"Son todas putas" dice la popular de los tipos;

"Son todos iguales"
dice la platea femenina.

Y ninguno hace un acto de amor,
ni siquiera propio
Como para elaborar una autocrítica.

Franco.

Miss Chernobyl.

"Ojalá estuvieras en mis pensamientos,
no sabés lo bien que lo pasarías." Escuchó que dije
al hablar con una más del montón, aquella noche de boliche,
en la que había salido a respirar un poco de aire oscuro.
No le creas nada; le dijo, y se paró frente a nosotros,
mientras cruzaba los brazos, inflando el escote
donde asomaba su par de Peces Fugu.
Pasé la palma de mi mano por la cintura de la muchacha,
le susurré algo oído y se marchó antes de que
Miss Chernobyl la contaminara.

Parecía que, finalmente, el espejo de Grimhilde
le había dicho la verdad.
Atiné a levantar mis cejas,
como preguntando qué pasaba,
y guardé mis manos en los bolsillos.
Nada, te vi, y… no sé; dijo como mareada,
tocándose la frente, algo le molestaba.
Evidentemente, en sus dudas estaban mis aciertos.

Con una de sus manos se corrigió el flequillo tras la oreja
y bajó la mirada para esconder la ruta que dibujó el rímel
hasta la comisura izquierda de sus labios rojos.
Es que, a veces, te extraño.
Confesó, buscando el armisticio
con la misma receta de un amor vencido hace rato.

Y yo pude haberle creído esa puesta en escena, pero,
tragar mierda por los oídos le da cólicos al corazón.
Si le diste la espalda al futuro; le dije,
bancate que la realidad te toque el culo.
Las Gatitas Floras siempre terminan
comiendo pescado podrido.

¡Ves! Si fueras más serio... pero no... todo es joda,
todo es show para vos; acusó con su histeria de alto voltaje.
Y como todo show; le dije, debe continuar.
Ahora sentate y disfrutá del espectáculo.

Franco.

¡Ves! Si fueras más serio... pero no... todo es joda,
todo es show para vos; acusó con su histeria de alto voltaje.
Y como todo show; le dije, debe continuar.
Ahora sentate y disfrutá del espectáculo.

Carta abierta a un amor cualquiera.

No necesito otra cosa en el mundo
más que ser yo mismo,
incluso siendo políticamente incorrecto.
No soy transparente,
imagínate lo aburrido que sería
estar con alguien que fácilmente
podés ver lo que hay del otro lado
porque está vacío por dentro;
soy lo que ves...
y también lo que perdés de observar.

Un laberinto con las cuatro estaciones del año indefinidas
teniendo su propia autonomía
de expresarse meteorológicamente como dé la gana.
Hay dragones que escupen arco iris para cegar princesas;
vagabundos de frak, tirados en el piso,
pidiendo monedas para comprar amor artificial
(restaurantes, cines, suites, limusinas, joyas, etc);
bares de 'Happy Hour' con moscas y borrachos boxeadores;
telarañas de cristal en los rincones más oscuros;
albañiles alzados con piropos empadronados en la Real Academia;
verdugos con amnesia y mariposas de brea en los pulmones;
gladiadores pervertidos del placer;
y, hasta incluso, un león, que ni sé cómo domar
cuando lo despiertan sólo para verlo enojado por diversión.

Pero, en alguna parte, de donde nunca voy a contarte,
está mi yo verdadero... viéndote con la inocente mirada
de un nene estampado en la vidriera de una juguetería.

Porque no sé querer de otra manera
que no sea como un nene: Con todo.

Con libertad de ser,

con libertad de sentir,
con libertad de confiar,
con libertad de irse,
con libertad de volver,
con libertad de quedarse,
con libertad de que dure
hasta donde tenga que durar...
porque las relaciones no son mapa,
si no una sala de juegos.

No lo culpes por jugar a las escondidas,
te está haciendo conocer el laberinto.

Escribí esta carta para un amor cualquiera:
El Amor es para ciertas personas,
y yo, por ejemplo, soy bastante incierto.

Franco.

La última ex.

Disculpe Señora, está en verde,
dije al verla apurada para cruzar la calle
¿Se acuerda de la Fábula
del Semáforo y el punto de vista?

Y una sonrisa intempestiva, como nerviosa,
se le apropió la boca:
¡Hola! saludó desorientada,
vos y tus filofalseadas, comenzó a descalificarme
con emociones y no con argumentos:
ttsss... una raya más al tigre
no lo convierte en pantera.

Ay, mirá cómo me estás viendo,
toda hecha un desastre,
es este calor, ¿viste?
Encima yo así vestida, y vos en traje;
dijo, como si importara lo puesto,
tras varios calendarios vacíos
desde aquel último beso de aeropuerto.

Sí, yo soy un boludo bárbaro, contesté,
la próxima vez que te vaya a cruzar de casualidad,
te aviso antes telepáticamente.
Sí, porque emocionalmente,
nunca coincidimos; esgrimió el primer puntazo.

Tanto tiempo había pasado,
y lo primero que hizo fue recordarme
su monólogo irritante en caprichos glaseados
con el jugo de mi media naranja...
lo mío era suyo, y lo suyo... propio de ella.

Pero te crecieron las tetas; dije mirando su escote.
Y una sonrisa de chancho se le filtró entre los dientes.
Un regalo de egresada; che, todavía me llegan noticias tuyas...
mirate ¿Quién diría? Te está yendo bien,
empilchado al fin de punta en blanco;
dijo mientras me escaneaba de arriba a abajo.
Pero, la verdad, estás hecho mierda,
con barba, flaco y siempre soltero;
largó como estocada final
aun queriendo jugar conmigo a la tauromaquia.

A pesar de todo... ya había enterrado mis heridos,
y cualquier sentimiento zombi pide sangre.
No revivan a un muerto, jamás.
Cuando se termina, se termina...
incluso cuando haya que inventarse los finales en la memoria.

Y vos estás gorda; le dije,
se nota que todavía
no aprendiste a cerrar la boca.

Franco.

Teléfono descompuesto.

Los de afuera ven y hablan,
el de al lado está y escucha.
Todo estaba dicho, nada estaba hecho:
El que más piensa, menos siente.
Ella tenía una tristeza,
que desgarraba edificios
y yo juagaba al Jenga entre neuronas.

Llegó el estallido del fin,
hacían mucho ruido los teléfonos descompuestos;
gritaban, pero nunca tuve línea.

Se creyó todos los cuentos
sin ninguna Historia.
En fin, no importa, ya pasó…
mi mundo tiene puerta giratoria:
así como a nadie obligo entrar,
a nadie obligo quedarse.

Me invitó a cenar corazones,
y quedé pagando la cuenta,
(qué picante estaban esos Anticuchos)

Pero… de todos modos…
siempre fue más costosa la factura
del teléfono descompuesto:
Hay personas que les cuesta más decir "Chau"
que "Electroencefalografista".

Franco.

Chica show.

La crucé por el pasillo de aquel Bar de Cervezas,
después de tres o cuatro pintas de Barley Wine...
o al menos eso eran unos minutos atrás
antes de pasar por el mingitorio.

"No volviste a llamarme" dijo inocentemente,
haciéndome recordar las veces que me había plantado:
cancelaciones a último minuto, mensajes sin respuestas,
entre otras tácticas poco morales y siempre ficticias
que, a uno, poco a poco, la paciencia le lima el cráneo.
La tecnología de hoy nos comunica tan indirectamente
que no logramos entendernos, ni en la cama.

El boludeo es la falta de respeto disfrazada de histeriquéo.
Y yo tolero mucho, menos la falta de respeto.
Una pena... ella era una de esas
que son para quedarse a soñar.

"Me hackearon la contraseña de la bragueta,
ya está entrando cualquiera." le dije
después de subirme el cierre del pantalón.
Ya me está haciendo burbujas el estómago
de lo caliente que me dejaste las mariposas; le continué.

No cambiás más, el mismo guarango repulsivo.
¡Ja! Bien básico, como todos los Hombres.
Dijo, y en ese mismo instante, noté el Pánico Colectivo,
bien compostado, que le habían enchufado por todos lados,
anulando la propia Libertad Individual de pensar:
Medios de comunicación, Redes Sociales, Grupos Extremistas
y los Políticos hijos de puta de siempre
hicieron cloaca de sus neuronas, llenando de mierda sus pasiones
por consumir información podrida.

Pasa, muy comúnmente, con quienes
por el simple hecho de Pertenecer a una cosa,
sostienen cualquier bandera
siendo reclutados tácitamente por inercia,
como alumnos de Ron Jones.

Pero ella continuó y yo la dejé,
porque como todo caballero, primero las damas:
Recién vi a un gato trepando un árbol…
me acordé de vos y tu ego.
Dijo echando su culpa en mis manos;
ya que después de todo, el plantado era yo…
pero en su lógica era el soberbio.

Aun así, no me extrañó, con frecuencia,
usan los propios miedos como arma blanca.
Y a mí, siempre me hinchó las pelotas
esa manera de relacionarse buscando dañar al otro.

Las mentes abiertas no tienen oídos necios.
Vivís en una burbuja de champagne
y me querés venir a correr en chancletas;
respondí e intenté hacerme camino para volver a mi mesa.

Ay pero qué agresivo; dijo frunciendo el entrecejo,
mientras levemente echaba su cabeza hacia atrás.
¿No aprendiste nada todavía
sobre cómo se trata a una mujer?

Ah, ¡encima también eso!
Me susurró la voz de la conciencia, mientras,
pensaba cómo todo se iba derechito al carajo.
¡Muerte al Patriarcado! Me gritó a las espaldas
como si en mí estuviese germinando algún brote psicótico.

Maldito, violento y opresor Patriarcado

que, ante cualquier amenaza mortal,
por protocolo universal, obliga a los Hombres
salvar "Mujeres y niños primero"
le dije y marché definitivamente.

(Ah no, ¡pará! ¿entonces?
Entonces mezclemos todo con todo,
total cualquier agite mueve la bandera).

Nunca se supo si Dios era hombre,
pero hoy pareciera que sí lo es el Diablo.
Y yo que me considero agnóstico...
no soy ningún cristiano,
mucho menos uno para este Circo Romano.

Chica show...
apoyo tu lucha, no tu guerra.
Con François Poullain de La Barre,
y no Simone de Beauvoire.

Es insoportable el odio entre minas y tipos
que se les está inyectando.
Asimilan toda esa basura y salen a la calle
con una predisposición tan nauseabunda
que ya ni mirarnos a los ojos podemos.
Tantos años de civilización y todavía no entendimos,
ni los unos ni los otros, que somos Humanos.

Franco.

Las dos caras de una moneda común y corriente.

Me gusta esa gente
que tiene el corazón más grande que el pecho
y los huevos más firmes
que el David de Miguel Ángel.
Me gusta esa gente porque entiende
que no existe Absolutismo
y hasta el Cambio tiene la trampa de ser variable.
En otras palabras, la experiencia
le ha abierto la mente a sacacorchos.

Y a mí me gusta esa gente,
esa que ríe a pesar de la lluvia,
que te besa a pesar de los prejuicios
y te ama a pesar de la inconsciencia;
esa gente que te dice
"No sé cómo, pero vamos a hacerlo"
porque… las personas que no se la juegan por lo que desean,
están condenadas a convivir con lo que les queda.
Y entre Juego y Condena, hay una vida de diferencia.

En otras palabras, me gusta esa gente
sin cadenas en las ganas,
que no se ancla al ego
y da un paso hacia adelante
aunque encuentre el vacío;
que el miedo no le comen los huesos
y el recuerdo no es su verdugo.

Esa gente te invita a tomar un café
y te dice "Vení, contame lo que te pasa,
no voy a buscar culpas, sino soluciones;
mis oídos son tu terapia intensiva."
Quizás no salve tu vida,
pero va a dar vuelta tu mundo…

echando raíces al cielo, que es mejor que volar.

Por más que haya dos caras de una misma moneda,
sigue teniendo el mismo valor.
Es decir, si no te sentís identificada con esa gente,
perdé cuidado, no sos culpable,
estás del otro lado de la moneda,
sos Persona, como todos,
si no te sale dar el ejemplo, al menos da las gracias.

Franco.

Momento Cooltural.

No creo en la moral burocrática,
la esquizofrénica discursiva de la ética,
lo políticamente correcto,
ni en lo dogmáticamente necesario;
para quien no reflexiona…
cualquier corriente de pensamiento es un tsunami.

Y así se convierte en un zombi cooltural
con avestruces en la cabeza…
pajaritos grandes y rápidos que no pueden volar.

Las etiquetas van a los productos,
y yo siempre me consideré al servicio…
a pesar de las arañas que salvé y me picaron
o de los cuervos que crié y me sacaron los ojos.
Siempre de pie, aunque me quiten la base.

Dueño de mi propia vida,
único patrimonio que basta para desnudarme el alma
fuera de la caverna de Platón
y sobrevivir en los Bosques de Thoureau.
Un individuo, la minoría menos acompañada…
posiblemente porque me galopa una locura
con 300 caballos de fuerza.
Algunos lo llaman Egoísmos,
otros, Amor Propio…
y los ismos, son políticamente un problema.

Soy yo mismo, sin pedir nada a cambio….
y… ser uno mismo, en una sociedad que finge
es como hacer un picnic en el medio del Serengueti
o escalar el Kilimanjaro a pulmón de fumador.

Soy uno, como cualquier otro;

y sólo en eso somos todos iguales.
Si ser diferente es necesariamente un problema,
los avestruces están con la cabeza
donde no da el sol.

Sobre este momento cooltural,
en los extremos de las grietas
mercaderes de políticas con naftalinas
venden espejitos de colores a los ciegos
y en las trincheras el hambre no come vidrio.

Ah, y otra cosa...
los locos hay que darle la razón,
dijo el tiempo.

Franco.

Puerta del Sol

Estaba tranquilo, tirado en mi cama…
y de golpe se cruzaron los cables
de algún teléfono descompuesto.
Cayó del universo una llamada tan mesozoica
como la huella digital de la Historia: el Chicxulub.

Como sea…
Me llamó para que hablemos…
¿¡¡¡Para qué!!!?
Hablaremos en otro momento,
en otras circunstancias,
y, si puede ser, mejor, en otra vida.

"Es que… donde fuego hubo…"
atinó a decirme.

Sí, le contesté, donde fuego hubo cenizas quedan…
pero las cenizas no son más que polvo,
y, justamente, eso hiciste conmigo;
me quemaste la cabeza… quedé hecho polvo…
y tuve que salir a repartirme por todos lados:
Un polvo por acá… un polvo por allá…

"Tonto, me hacés reír", propuso mostrando
la prenda blanca en son de paz.

Oh sí, contesté; mis verdades rozan lo humorístico
y, paradójicamente, nadie me toma en serio.
Mirá… no soy de los que se quedan esperando
un después vacío. Lo siento mucho, continué diciendo;
el corazón siempre pasa factura,
y el tiempo se las cobra.

"Arjjh… sos un resentido, nene."

dijo y colgó.

No tengo autoestima de trapo,
ni soy nativo de Disney.
Jah, siempre me apedrearon
acusándome de Longinos,
aquel centurión que atraviesa
algún corazón crucificado.

Franco.

El ebrio hidalgo.

Atenta a los detalles,
vino con un estilo afrancesado:
de blusa carcelaria, medias rejilla,
una boina ladeada negra,
y los labios rojo furioso,
dispuestos a ser apasionados.

Es un placer conocerte; dijo.
Es un gusto, el placer viene después; contesté.
Un éxtasis de oxitocina implotó
bajo los efectos de una pasión repentina
y a mordiscos me desarmó los labios.
¡Ooh La La! ¡Embajadora del Beso Francés!

Oui, oui… j' adore… j' adore;
escuché que divagaba mientras yo…
besaba el telón de la vida
encendiendo el fuego en el teatro de los sueños.

El apogeo brotó por la boca
como el magma del Macizo de la Fournaise;
sin embargo, fue mejor sonido
que cualquier melodía de la Marsellesa.

Tras cruzar el Canal de la Mancha,
borracho de tinta como poeta de Malbec,
entre Torre Eiffel y Arco del Triunfo;
mi Dulcinea del Moulin Rouge
se hizo un lugar en Louvre de mí pecho.

Fue un gusto, mientras tuvo sabor.
Ojalá nos encuentre el 14 de febrero
cenando en París.

Franco.

Puerto Shakespeare.

Uno puede reverenciar con su mayor caballerosidad
todo lo que quiera a sus propios problemas:
"Hola, qué tal Sra. Melancolía, pase usted por favor.
Póngase cómoda y disculpe el desorden.
No la esperaba. ¿Quiere un té? ¿Un escocés?
¿Algún laxante antes de irse a la mierda?"

Y ahí se pone ella, frente a frente,
con la mano levantada dispuesta a dar la orden
para que el pelotón de los recuerdos más rutinarios
de un desamor, te hagan largar una lágrima.
Pero uno ya conoce el final de la historia
antes de que salga la película...
y los espera a lo Georges Blind.

Ser o no ser; te recuerda, mientras
intentás echarla a patadas en el culo...
sugiriendo que el libro de quejas
está en la salida de emergencias.

Pero tiene razón, porque claro,
siempre uno deja el último resquicio de oportunidad
para que se filtre, toda apretada, y hasta a veces a presión,
una partícula de amor que haga arder Troya.

Y yo, que soy chispita, pensé;
Escribir un poema, ¡qué cosa de locos!
aunque es el precio que uno paga
 por no perder la cabeza: dislocarse el corazón.

Le quité el torniquete a mi libertad,
y mandé a naufraga al Escrito Cero
que va de fósforo olímpico
hasta apagarse en algún océano.

Con desembarcos en Puerto Shakespeare,
aquel bar en donde encuentro paz,
esa paz tan necesaria para que otra mujer,
con toda su exquisita feminidad
me recuerde el nombre de los huracanes.

Franco.

Querida Minnie.

Se vienen tiempos difíciles
y hay que seguir… bueno, me entendés.

¡Oh, sí! Bocanada de aire puro
en medio de tanta toxina social
y del estrés con los nervios adheridos
a la montaña soviética de la Economía.
¡Jodido Walt Disney!

En fin, como sea, por eso,
hay que seguir… bueno, me entendés.

Dejemos fuera de la cama decisiones políticas
y la casta que la corrompe.
Al Peso, la Libra, al Euro, al Dólar, al Blue.
Estamos en tiempos difíciles…
¡Jodido Walt Disney!

Pero, para seguir…
bueno, me entendés.

También hay que dejar fuera
a movimientos estratégicos
de empresarios amigos del Estado
que inflan números y te explota la billetera.
¡Jodido Walt Disney!

Pero responsabilizar a la corporación política
es como gritar ¡Auxilio! y el eco te conteste ¡Idiota!
Que ellos nos quiten las ganas de todo,
menos de seguir… bueno, me entendés.
¡Jodido Walt Disney!

Estamos en tiempos difíciles…

y cada centavo cuesta esfuerzo.
$100 ya ni alcanzan para una botella
cargada de besos escoses.
¡Jodido Walt Disney!

Estamos en tiempos difíciles...
y con cuentos de los hermanos Grimm,
se encuentra una visión del mundo maravilloso.
¡Jodido Walt Disney!
Estamos en tiempos difíciles,
y no tengo un peso para financiar el viaje.

Con Cariño, el Pájaro Loco.
(amigo rebelde de Oswald,
el Conejo afortunado).

Franco.

Bromeo y Julieta.

Es muy mágico lo que nos pasó,
dijo mientras me abrazaba fuerte
a los 30 versos y 2 poemas después.

¡Tierra a la vista a la vistaaaa!
me gritaron desde el carajo.
Y en la incandescente velocidad
de la primera declaración
siempre detecté la asfixia de mi libertad
en las manos de una sensibilidad impaciente
con el show de sus latidos fluctuantes,
la ira de sus impulsos desequilibrantes,
el magro amor de sus inseguridades
y la bala en la ruleta rusa de sus incertidumbres.

La magia no existe; dije, sólo son ilusiones,
y las ilusiones son una representación
sin verdad de la realidad…
o algo así dice el diccionario.

Estás terminando conmigo,
sin siquiera conocernos; afirmó.
No, estás muy ansiosa por conseguir un novio,
vayamos despacio…
no tengo frenos, respondí.

¿¡Estás diciendo que estoy desesperada!? Preguntó.
Lo que quiero decir, es lo que estoy diciendo. Punto.
No especules, no supongas, no divagues.
Estoy diciendo "A",
no el alfabeto completo; respondí.

¡Chau! ¡Andate! Me gritó con los nervios rotos
mientras mis ropas volaban

hacia la puerta del dormitorio.

No hagamos una escena de esto
...hace una semana nos conocimos...
parecemos Bromeo y Julieta.

A Bromeo no lo mató el amor, ni el veneno,
sino la comunicación... no pasa nada;
contestó, andá... andá tranquilo...
es que me entró una basurita en el corazón.

Ay Bromeo Bromeo
¿dónde estás que no te ven?
ni siquiera con humor,
podía comunicarme libremente
con la pasión de Julieta.
Me cerró el Telón, no importa ...
va a necesitar la llave para salir
del Shakespeare's Birthplace.

Franco.

Señorita Freud.

Condenado al diván, con fallo exprés y sin juicio de valores;
como crupier en las Vegas del Black Jack, la Señorita Freud,
repartió etiquetas entre reyes (K) y reinas (Q).

Acuéstese ahí, por favor. Propuso.

¿Terapia a la Vienesa?
Creo que es demasiado rápido
como para ir a la cama,
qué tal si hablamos primero; contesté.
O estoy en la sede de la fantasía,
Berggasse 19.

Ni me conoce y me está cortejando…
va directo al punto G,
el diagnóstico es sencillo:
Complejo de Casanova. Se puede retirar.

Mi corazón tiene simplemente el tamaño de un puño,
y es increíble que todavía no exista mujer
que lo contenga entre sus manos, le dije;
en cambio, Doctora, es muy simple conquistar
el corazón de una mujer…
sólo se necesita una cosa: Todo.

¿Seguro? Algunos se lo preguntaron
durante 30 años y no encontraron respuesta.
Un hombre…
no puede saber lo que quiere una mujer.

"Cállese y escuche lo que sufro;
oiga lo que a otros no puedo contar."
Cité a la paciente cero
para rastrear el preludio del origen de la neurosis.

Lo que quieren las mujeres, es compañía...
y mi argumento natural, es la lógica del baño.

El abandono a la teoría de la seducción,
"Un asalto a la verdad".
Disculpe, ya regreso. Voy al tocador.
Dijo, como manifestación espontánea.

Y yo, que no entiendo otra cosa más que la autenticidad,
la acompañé de safari al Continente Negro,
me emborraché bebiendo como Narciso
en las fuentes del Nilo... de la Señorita Freud.

Tener la Razón, no es lo mismo que tener la Verdad;
ella tenía la razón de ser ella,
y yo la Verdad de ser Franco.

Franco.

Sor Valhala de las Valkirias.

¿Cómo vas a decir eso?
Con la imagen que tengo de vos...
Prejuzgó y sentenció sin que me molestara:
el rechazo era su lenguaje primario.

¿La imagen? contesté;
no sabés lo bien que me veo
desde el reflejo de tus ojos.
Con esa mirada tan pasional,
lo que proyecta el cerebro
debe estar haciendo trampas.

No me gustan las trampas. Me confundís.
Nosotros dos nos llevamos bien...
yo soy un ángel caído del cielo
y de seguro algunos me deben odiar también.

Sor Valhala de las Valkirias...
de pensamientos cruzados
con sentimientos encontrados.
La disonancia cognitiva era la chispa.

Todo lo que pienso de vos, no me afecta.
Pero cuando algo se mete en la cabeza,
dijo, es difícil cambiar de opinión,
y todos somos lo peor para alguien ¿o no?

Es una pena, no difícil. Respondí.
Otra vez estaba pagando los platos rotos
de los restaurantes a los que nunca fuimos a cenar.
En su lógica, su teoría y sus creencias,
debía caerle necesariamente mal...
y, sin embargo, en la práctica,
con el 2do Número atómico

sintió el Amor escrito
en su Tabla Periódica de Elementos.

Franco.

Cuando conocí a Bukowski.

La esperaba, casi una semana, la que no faltó un día,
en el que nos estábamos prometiendo
los mejores párrafos del Kamasutra.

¡Una mujer bellísima! Era una de esas minas
que después de crearla, Dios, se chupó los dedos.

Las 5:45 de la tarde ya estaban marcadas por el reloj.
Ella no venía, la cita era a las 5:30.
Pero, la impuntualidad es como otra extremidad,
otro brazo, otra pierna u otra teta en la mujer.
Toleraba y justamente por eso
justifiqué que no me avisara su demora.

… Esperé…

Siguieron pasando los minutos…
Los cuartos de hora… Y ella nada…
Que extraño… cerca del medio día
ella estaba más ansiosa que yo.

Finalmente, quité mi vista desde el balcón:
un hermoso panorama
sobre una avenida de doble mano en el último piso.
Yo no digo que una mujer sea mentirosa, pero el reloj sí.

Seguí esperando…
cada minuto empezó a castigar mi paciencia.
Hacía varios que mi experiencia había dicho "No vendrá."
Mi caballerosidad sugirió preguntar por el retraso.
Pero mi lógica aconsejó "Caballero con quien te respete."
Y mi personalidad sentenció:
tomate todo tu tiempo, pero no el mío.

Vi un libro que titulaba "Mujeres",
de "Charles Bukowski". Antes de agarrarlo,
abrí la heladera y destapé una cerveza bien fría.
Y entonces me dije, vamos a ver
qué nos ofrece Charles a saber, mientras esperaba...

Fue la primera vez que destapé una cerveza
para leer un libro... y de otra manera
no se puede recibir mejor a Bukowski...
como anillo al dedo.

Y así lo conocí...

¿Respecto a la chica? Ah sí...
no apareció hasta varios días después
con otros de sus mensajes:
"Hola Fran, ¿cómo estás? ¡Quiero verte!
Tengo muchas ganas de estar con vos."
A lo que contesté:
"Estrellas hay en el cielo o en Hollywood.
Y a vos no te conocí volando, ni en una película."

Franco.

Manifiesto Glamourista.

Las locas de mierda son de manual.
Oh sí... ¡si habré estado con locas de mierda!
Son tan superficiales, que disfrazan de anarquía cool
su dependencia sentimental a lo que fuere:
van de neuronas podridas y el corazón deshidratado
de tanta lágrima a la carta.

Te perturban tanto los nervios
que te caminan el cerebro en tacos de aguja.
Un ataque de concha...
es peor que una pesadilla de Stephen King,
que, al despertar, más te vale desayunarte
un café negro con dos cucharadas de morfina.

La histeria es una ramificación de la inseguridad;
y a las Glamouristas les encanta jugar al gato y el ratón,
pero yo, siempre fui un perro.

Sin embargo, no obstante, y a pesar de todo,
entre tantos peces en el océano
sacaste una de estas estrellitas de mar,
sabé muy bien que las locas de mierda
tiene un grave conflicto emocional...
no trates de entenderlas, no se puede;
tratá de quererlas, como puedas:
Ya es demasiado tarde.

Franco.

Historia sin fin.

El tiempo de conocerse
siempre es el del descuento.
La desilusión es tan espontánea como un estornudo,
y en la cara recibís los gérmenes de la ansiedad
por llenar vacíos que la soledad no satisface.

Lo que antes eran puentes, ahora son hilos;
y uno va cruzando como haciendo equilibrio
con el inminente riesgo
de que se corte en cualquier momento:
Así no vamos a llegar a ningún lado...
porque el Amor es el camino, no la meta.
Pero no importa, uno se aventura porque
se atraen mutuamente por algún misterioso gen
que resuena apetitoso al paladar sexual.

Sera que somos seres sociales.
Aun así, se conocen;
después de las primeras sonrisas,
el protocolo de defensa está activado y se pone en guardia,
predispuesta a desenvainar todos los prejuicios
con lo que la experiencia le armó
por personas que se mandaron mil cagadas.

Y ahí estás vos...
en la línea de fuego esquivando balas
en un suelo repleto de cáscaras de banana.

Mientras te convertís en equilibrista ruso,
el tiempo te come los talones...
porque la demanda está primero
y no pudiste descifrar lo que necesita.

Tomáste distancia...

y te declarás en rebeldía.
No la querés encontrar ni en Google.

Pero de algún extraño modo le gustaste
a pesar de su hipocondría a la defensiva.
Con los labios del sur
te corona como el Príncipe Azul. Finalmente.

Cansado pensás:
"No sé administrar emociones,
cuando tengo ganas... tengo ganas;
cuando no... es mejor que no estés cerca,
ni siquiera con el pensamiento."

Destapás una botella de whisky...
que es como si la noche pariera luna llena
y te convertís en el hombre lobo
saliendo a cazar alguna caperucita
que se haya quedado jugando en el bosque hasta tarde.
Tu alma gemela de cuento...
esa que no te proyecta sus prejuicios
ni teje telarañas de viuda negra
con hilos sueltos del pasado.

Te olvidás de Cenicienta y
te vas con la primera Maléfica que se te insinúa.
Hombre Lobo, meconio del Príncipe Azul.

Pero, antes de salir...una vocecita,
seca y sin ecos te dice que estás atrapado
en la Historia sin fin.
¡Jah! Que cara dura este Peter pan.

Franco.

A galope de unicornio.

En un sábado de boliche por la noche
con un cielo abierto africano,
como el de Gorongosa, repleto de estrellas...
la vi bastante llamativa
con un cuerpo tallado a deseos,
y mi imaginación dio vueltas
como una mezcladora de cemento
a punto de crear los piropos más guarros;
pero sólo me salió suspirar,
como quien ve por primera vez a La Mona Lisa.
Y me fui dando un trago largo
para obnubilar la memoria...
porque con tanta pintura en éstos museos
uno se enamora de cualquier cuadro.

Aun así...
30 minutos más tarde, vuelvo a verla.
Y desde una distancia considerable, entre tanta gente,
le grito, abriendo los brazos : "¡Sos un caballo!"

Ella se golpeó la frente con la mano en puño,
diciendo algo que no oí bien;
entendí que tenía más boca que corazón,
porque escuché que gritó "Oh, volvé al manicomio".

Pero era tan linda que sólo me salió decir otra vez,
"...UN CABALLO..." haciendo la reverencia con mi mano.

"NO, UN UNICORNIO"
era lo que en verdad me había dicho...
porque reímos, estirándonos los dedos,
hasta que la vorágine de la gente se la llevó.

Nos cruzamos en direcciones opuestas.
Ella siguió su rumbo, y yo el mío...
y a veces se trata sólo de eso:
Cinco segundos que se regalan dos desconocidos.
No somos tan importantes
como para andar desperdiciando elogios
cuando salimos de fantasía.

Franco.

Está muy bravo acá afuera.

Llego a mi departamento...
la comida no está hecha,
hay cacerolas sucias de la noche anterior,
la camisa con la que al otro día trabajo
no está planchada y la cama nunca está tendida...
será que uno se va poniendo grande
y las responsabilidades le van hermetizando el corazón:
tengo que ocuparme de mi vida también;
le dije para que tratara de empatizar
cuando me reprochaba por no engancharme
con los mensajitos neutro sin sentido...
a pesar, de que siempre aclaré:
prefiero un par de cervezas,
que a las interpretaciones teóricas
del Kamasutra, cuya práctica, no llega ni al prólogo.

Aun así, uno intenta apelar a la razón y se abre un poco más:
entendeme, además, como cada noche,
vivimos en Argentina, vengo de sobrevivirle
a una sociedad estresada, violenta, egoísta y maleducada;
con lo poco que me queda de paciencia,
intento ser lo más divertido posible con vos...
ayúdame un poco, las emociones no avanzan
a los ritmos de la ciencia...
los sentimientos no son tecnológicos.

Pero lo buena que están,
es directamente proporcional
a la agresividad con la empiezan a tratarte:
de tocar el cielo con las manos,
uno pasa a juntar brasas en el infierno,
porque claro...
les llenaron con helio los aires de superioridad,
y ya es demasiado tarde para hacerles entender

que desear tener la razón siempre,
es como ir a 230km por hora
sobre una ruta
llena de curvas peligrosas, en zigzag.

Se bañan en su jugo de cocción
y el pasado les devuelve sus pesadillas.
Pero yo, ya no tengo tiempo
para los caprichos de quinceañeras,
o reproches de viudas lloronas.

Si tenés caca en el corazón,
le dije, es porque hay pus en las neuronas.
Por más que uno lo intente,
está muy bravo acá afuera.

Franco.

Monstruo de dos cabezas.

Te pienso las 24 horas, y de noche también;
menos cuando duermo, ahí te sueño. Le dije al oído
después de hacer el amor sin darme cuenta
que, poco a poco, me estaba convirtiendo
en amante de rapiña.

Aun así, no sé cómo ni por qué,
continué construyendo el castillo de esta princesa…
en arenas movedizas:
"Y algún día, o quizás una noche,
ya cansado de todo esto;
voy a agarrarte de la cintura
y llevarte a mis sueños."

No importa quién sea, ni cuánto la quieras,
si algo aprendí repetidamente,
es que si le das la mano… te agarrará del cuello.
(con el tiempo, afortunadamente, aprendí Aikido).

¡Ay! Franco, ¿cómo no amarte?
Mirá las cosas que me decís; dijo entusiasmada,
y al rato, se excusó:

Sos de todas pero perteneces a ninguna…
jamás podría tener una relación seria con vos,
sufriría todos los días y te odiaría todas las noches.

La novia infiel, no confiaba en el mujeriego soltero.
¡El muerto se reía del degollado!
Honestamente, me puso las pelotas
como "Little Boy" y "Fat Man"
a punto de explotar
sobre Hiroshima y Nagasaki.

¿Y saben qué? Los mujeriegos son unos hijos de puta,
pero a mí siempre me suena el teléfono
cada vez que un noviazgo les fracasa.

Este mundo maravilloso es para otro universo;
donde no me sentiría un monstruo de dos cabezas,
que con la de arriba piensa y con la de abajo…
se coge a la novia de otro.

Las historias de infieles deben ser contadas así,
y no con la poética admiración de lo prohibido.
Porque mientras dos prohibidos juegan,
hay un legal que ya perdió.

Franco.

Liberarte.

Bah, más sí; dije, y pateé una botella de plástico
que rodaba hacia mí con el viento;
si encima tengo que bancarme teorías de telgopor
de cada guasuncha que se cree secretaria de la paz.
Como si el archivo fuese un folio de deseos.

Marché con la mirada perdida al cielo,
las manos en la nuca y un sentimiento
muy genuino que experimenté…
como migración vertical, emergió
desde la Fosa de las Marianas
y naufragó en mi océano cefaloraquídeo
a los Carlitos Joughin.

Claro, ¿así quién puede tomarme en serio? Pensé.
Sólo quien puede liberar sus instintos.
La que me quiera; debería de aceptarme como soy,
y no como quiere que sea.
Ahí está la diferencia
entre Libertad y Autoritarismo.

Así, y sólo así; va a encontrar ese amor eterno,
sobre lo auténtico y no sobre la idea.
Soy esto, si quieren cambiarme…
por favor, que sea por otro.

Pero, en el Reino Unido Cooltural,
la moral victoriana nos impera,
la que es más apariencia que realidad…
exactamente igual a su época en sepia
con el rigor de los macabros flashes
y sus foto-sesiones…
ojalá aceptaran, de una vez,
que están recolectando sanguijuelas

de la misma manera.

Reina; si vas a ir hasta la victoria, siempre…
yo juré con gloria morir.

Franco.

Lady Kamikaze.

La vi sentada, sola, en una mesa para dos
mientras yo tomaba mi segundo vaso de cerveza,
también solo… me habían dejado plantado tres horas antes.

Apenas cortó la llamada telefónica,
descolgó una liga de sus cabellos
que antes formaba la cola de caballo
y agachó su cabeza para que el pelo
le cubriera ese gesto de decepción.

Cuando necesitamos comer,
el estómago ruge
y todo nuestro alrededor se da cuenta;
pero cuando necesitamos llorar…
¿qué ruido hace el corazón? Le dije
sin siquiera presentarme.

Tengo el corazón tan débil,
que si tropiezo en los brazos del alguien…
me enamoro; contestó sin mirarme a los ojos.

Llorá, le dije, llorá todo…
llorá hasta que las pupilas
te queden como dos pasas de uva.
Su vista estaba empañada,
pero impregnada al fondo de su vaso vacío.

Los Hombres, dijo, son todos iguales,
ingenieros de promesas con castillos en la luna,
y una hace que les cree, porque es lo más cercano a volar
¿qué tiene de malo estar enamorada?

Cuando el sentimiento está dolido,
la subjetividad impera como ley suprema

y lo borroso de los ojos, nubla el juicio.

Si te vas a meter en la boca del lobo,
bancate que te mastique,
y después te escupa si no le gustaste.
Si no, vas a seguir siendo una Lady Kamikaze
que se inmola en cada oportunidad.
Bajate del unicornio que le compraste
y sacate el kimono de Feng Shui que te pusiste
para sostener una relación sin futuro.
Brindemos llegando hasta
donde tengamos que ir…
un caballero no tiene memoria;
exactamente igual que los borrachos.

Si los sueños no se cumplen,
démosle pesadillas a lo imposible.

Jamás volvimos a vernos,
ella fue un libro prestado
que nunca volvió;
y yo, consecuentemente,
el amante carroñero de su sacrificio.

Franco.

Pus en almíbar.

El cuerpo está cansado y la memoria no resiste...
con el primer frío, llega la última nostalgia;
pensé, mientras me limpiaba la suela del zapato
contra el cordón de la vereda
antes de entrar al departamento.

Destapé un whisky...
como quien toma un par de analgésicos comprimidos,
me mandé tres medidas al hilo.

Miré al techo de mi habitación vacía
y le pregunté a tu ausencia más perfecta:
¿Te acordás cuando no podías olvidarme?

¡Jah!

Te busqué por todos lados,
incluso debajo de la cama...
y eso que ahí encuentro todo lo que pierdo.

Para que algo sea eterno,
tenés que ser lo más intenso que posible;
porque es la única manera de recordarlo.
Lo Eterno no es una medida de tiempo,
sino un recuerdo... porque te persigue.

Te amo hasta el resto de mi vida,
y lo que me sobre de muerte también:
Hoy me acordé de vos, pisé un sorete.

Franco.

Seguí participando.

Podría venderle cualquier surrealismo
con tal de tener su eterna compañía.

Es decir… en mi escritorio hay un Atlas
que sostiene la Escritura del Cosmos
en papel arcoíris con sede en el país de las maravillas…
que, a mal clima, llueven flores.

Y desde los Jardines Colgantes de Babilonia
una parvada de canarios vocaliza "Spring Waltz",
cuando se percatan de que empiezo a quitarle la ropa…
porque, al otro lado de mis sueños, se viaja sin equipaje.

Claro que podría filofalsear,
me sobran argumentos caleidoscópicos;
pero… ¿para qué mentirle?

"Para dar seguridad emocional";
me sugirió un señor de unos sesenta y todos,
con tres divorcios en el juzgado.

Pero "seguridad" y "emoción"
es un oxímoron en el mundo ideario.
Como si una hemorragia interna les coagulara
el vacío más visceral de una soledad
disfrazada de dupla platónica.

El amor es como algún electrocardiograma,
cuya "seguridad emocional"
es la más impecable línea horizontal…
la cual nos indica que todo se ha terminado;
previa migración vertical, a toda luminiscencia,
desde la fosa de las Marianas.

...No voy a mentirte, lo siento...
de vez en cuando y en tanto
hace falta mayéutica en el aire.

Sé que el precio de mi Libertad es demasiado alto,
y lo pago con esta soledad... con ese cuerpo vacío,
con esa ausencia, esa quien escucha
los secretos más íntimos que se le cuentan a la nada.

Franco.

...No voy a mentirte, lo siento...
de vez en cuando y en tanto
hace falta mayéutica en el aire.

El Fuego Sangrado.

Un dueto melódico: Independencia y Libertad,
desbordaron el colmo de las orillas
frente a frente, pero espalda con espalda,
a un solo ritmo de baterías y tambores
ante el primo del Nilo y el Misisipi, Támesis y Yucón...
descendiente Amazónico: el dulce de leche Paraná.

Cayó en la piratería del asfalto, entre viejos corsarios
y los reyes topo, con Chichones chicos y grandes
de caterva sonante, trata y ludo clandestino.

Rosarito no tiene fecha exacta, ni fundador ilustre;
sólo nació por la libre necesidad
de comerciar y sociabilizar: El arjé civilizado.

¡Qué Monumento, mis negros!
Sentí la adrenalina, era consciente del riesgo,
en la cuna de mi bandera...
¿Me quieren preso?

¡¡¡DE ACAAA!!!

Un lujo, echar puteadas en un Congreso;
más si es de la península madre...
ahí, en la punta de la lenga
diciendo lo que muchos les tiembla la pera gritar.

Porque hace falta pelotas, ir y venir;
sin llevar y traer...
roja mi sangre y negra mí alma-dura.
¡Ninguna Canallada! Primos.

Libremente soy nativo de mi querido
Colosante Arroyito del Parque Independencia.

Camarero, perdón… ¡Mozo!

El café para después, no sé cuándo,
sirva, por favor, una ronda de whisky, mucho whisky.
Sé que no gané una silla en la mesa de los galanes,
pero quiero invitarlos a tomar del fuego sangrado
en la mía, la propia, en la del C.A.P.I

Franco.

Vengan de a uno.

¡Otra vez esa canción de mierda en la radio!
me dije al soltar la sartén por el mango bruscamente.
Chocó contra la hornalla encendida largando chispas,
y cerré la ventana de mi departamento.

Cómo duelen los recuerdos
cuando se tiene el corazón al aire libre; pensé
sosteniendo el peso de mi cuerpo con mis brazos
apoyados en la mesada de mármol,
mientras, la mirada, subconscientemente buscó
el candelabro de bronce con velitas para dos
que tantas veces nos deslumbró
en las cenas a la luz los ojos.

Me envolví la cara con la palma de mi mano derecha
para contener alguna mariconada súbita del amor.
¡Los machos no lloran, carajo! Pensé.

Inhalé profundamente para descomprimir la garganta,
di la vuelta como mirando a la nada
y aunque bajé la guardia les dije:

…Vengan de uno…

entregado por completo a los golpes bajos de la nostalgia.

Y vinieron, claro que vinieron,
vinieron todos a patotearme.

Entre ellos los abrazos prófugos más auténticos.
Los juegos de manos a la orilla del volcán.
Los besos de azúcar con sal.
Las caricias de enfermería.
Los "Te amo" que entraron por mis oídos

y sólo pude reproducirlos con fondos de ojo.
Las miradas de pupila a pupila
que sostenían mis manos
con los labios apuntando al mordisco
de la manzana prohibida.

Vinieron, vinieron todos y más,
mientras, esperaba el nocaut:
el golpe de Goliat
que me dejara contando estrellas
de alguna galaxia desconocida.
Pero nunca iba a llegar,
porque no es más débil el dolor de un amor,
que el dolor de una muerte…
el de la muerte declara un final,
y el del amor una agonía.

Muy bien, me dije aplaudiendo, ya pasó:
a la que le quepan los tacos, que se los ponga.

Para romper el silencio pavoroso del después,
encendí la radio, y otra vez estaba el Hit del momento.

Como aquellas peleas ilícitas de boxeo,
no hay último round, ni campana que me salve.

Yo decidí que ella no formara parte de este combate,
enfrento sólo al lado B del Amor.

Franco.

Ciruja de seda.

¿Cuánto había pasado? ¿Dos, tres? ¿Cinco años?
Y ahora ella estaba increíble,
apareció así entre el gentío del pleno centro:
una rubia con cara de ángel y un escote del demonio,
de no ser porque movía de lado a lado sus caderas
parecía la cintura de un maniquí.
¡Un cuerpo tallado a mano!

Hola, Franquito, cómo estás tanto tiempo; dijo sonriente.
Yo bien, pero vos estás mucho mejor; contesté.

Sí, te sorprende verme así, ¿no?
¡Mirá el cuerpito que tengo! Dijo,
y dio un giro completo
pasándome todo el dorado pelo por la cara
con su perfume Gucci Guilty.

Sí, la verdad que estás bárbara,
como si fueras la tesis de un cirujano, dije
e incliné la cabeza para verle las piernas, y un poco más.

Dale, dale, confesalo. Te morís de ganas de estar conmigo ahora;
dijo con los brazos cruzados y una cartera Louis Vuitton
que le colgaba de un hombro.
¡Ay! Y pensar que yo estaba muerta de amor por vos; concluyó
mientras ponía la palma de su mano en la cara.
Y aunque quieras negarlo, sé que es así,
siempre te gustaron las minas como yo soy ahora.

Avasallante, continuó sin siquiera me dejara responderle;
ahí está, ¿vez? Le estás mirando el culo a la que acaba de pasar,
sos un pajero nene... ¡y encima después te hacés el poeta!

Un poco confundido, rasqué mi barbilla y le contesté:

Ciertamente tengo ganas de llevarte a mi casa…
arrancarte la ropa… revolcarnos en la mesa…
morderte los labios…tocarte como un ciego…
reventarte contra la pared…
y hacer que tus orgasmos toquen el techo;
No, no. ¡Para! me interrumpió;
nunca me diste bola y ahora estoy para otra cosa,
otro target, ¿entendés?

(Prefiero hacer un asado a lo gaucho en el infierno,
que tolerar el calor de los caprichos.
Si hubiera recibido un centavo
por cada vez que me rompieron las pelotas
ya sería dueño de una petrolera en Dubai)

Sin embargo, continué; ciertamente tengo ganas,
pero no sería más que eso, un polvo.
No puedo ser tan hijo de puta,
tengo que pensar en mis genes.

Franco.

Donde cenizas hubo, el fuego quema.

La viste entre la multitud, encima de noche,
pero aún el corazón tiene esa inconfundible capacidad
de diferenciarla por sobre la gente común.
Intempestivamente se te adentra un calor de sauna sofocante,
cada glóbulo rojo de tu sangre es una brasa ardiendo;
y es ahí cuando sentís una electricidad que te paraliza
recorriéndote por todo el cuerpo
como si tu memoria fuese de recuerdo en recuerdo,
de una tormenta a otra usando los rayos como lianas.
La adrenalina te hace temblar las piernas,
y te tiemblan enserio...
porque te suben por la medula espinal
millones de hormigas con tacos de agujas
como si tu columna vertebral fuese un hormiguero.

La mirás un rato, como tildado,
pensando que la esperarías
hasta que el infierno te quemen los pies,
pero lo cierto es que te quemaste a lo Bonzo
en el sincericidio del punto final.
A pesar de que parecieras tener la mirada perdida
porque tu brújula ya no apunta al norte,
ella es el punto de encuentro de todas tus emociones:
la quisiste hasta donde no te correspondía.

De pronto, se va, no te vio,
ni tampoco te dejaste ver...
porque sabés muy bien que el Amor,
como un ave fénix,
resurge de las cenizas...
pero como todo pájaro alado,
y hay que dejarlo volar
para que no te queme por dentro.

Franco.

Frank Einstein.

Siempre pienso cuándo volveremos a vernos,
dijo desnuda, sentada sobre el centro de la cama desordenada,
con las rodillas flexionadas, en estática fetal.

Y yo, mientras empezaba a cambiarme,
rápidamente contesté:
"Sólo entre tus caderas; ni siquiera en tu cabeza...
porque después me vas a tener en el corazón
y nadie quiere eso; ni vos, ni yo, ni nadie.
Entonces... RECORDALO... entre tus caderas".

Pero antes de cruzar la puerta,
di media vuelta y continué:
"No... mejor no lo recuerdes...
la memoria está en la cabeza
y ya te expliqué cómo es el proceso...
primero sería Memoria y después Nostalgia,
y la nostalgia es recuerdo del corazón.
¿Sabés qué? Ya no me llames.
Buenas noches, siempre."

Sos muy cruel, dijo; con cara de asco,
como si las mariposas echaran diarrea
por su flora intestinal.
¡El amor es cruel! ¡El amor! contesté;
¿qué culpa tengo yo si no te puedo querer?

Y al salir a cualquier calle, siempre,
en la vereda de enfrente
veo ahí parado a ese nene inocente que fui...
ese quien deseaba ser poeta a primer beso,
y con su cara de total desilusión, reclama:
"¿Qué me hiciste? ¡Monstruo!"

Franco.

Sexpanglish.

En la barra de una pileta
de un hotel 5 estrellas y mil polvos;
con una tal Chelsy, de New Jersey.
De bucles rubios, ojos celestes de mar caribeño
y una piel de invierno ruso.
Spring Break, Cancún 16'.

¡Salud! La reverencié en mi idioma,
alzando mi trago Súperman de tequila, whisky,
ron, piña colada, blue curaçao y granadina.
What? Me preguntó inclinándose hacia mí,
mientras juntaba el hombro izquierdo con el oído,
desentendiendo mi castellano.

You don't speak Spanish? Pregunté sonriendo.
No. Dijo retrocediendo su espalda,
y volteó la cabeza hacia el bartender mexicano.

Ok, hi beautiful lady! Dividí mi lengua al inglés
para captar su atención.
Hello boy. Dijo y me escaneó de pies a cabeza
con su par ojos equis.

Where are you from? Intenté averiguar,
para entablar un diálogo.
America; contestó, seca como cucharada de canela.

Oh, mi too! Dije, volviendo a enlazarla con mi bífido lenguaje.
What state? Preguntó curiosa, vaya a saber uno por qué.

Argentina. Dije, y volví la vista a mi vaso
para darle un buen sorbo a mi trago.
Nice, but is not a state of America, sweety.
Contestó frunciendo el ceño, mientras su mirada

escapaba por el rabillo del ojo izquierdo sobre su hombro,
con soberbia anglosajona.

Yes Miss Stupidity, the end of the world...
because America is the North, Center and South;
fucking Yanqui; contesté quitando el codo de la barra,
no iba a quedarme hablando
con el ególatra prototipo estadounidense
que ignora el resto del mundo
apropiándose el nombre del continente.

Mmmhh I like you;
dijo tomándome del brazo
para que no me fuera:
You are so gross and rude!

Yeah, like a pork... and you an ignorant,
but I'll kiss you anyway, don't worry.
Come here.

But I am not ignorant, so the story goes.
Finalizó.

No sólo conoció Argentina ese día,
sino que lo recordó en cada gemido toda la noche.
Es bueno abrir la mente,
antes que las piernas o mí bragueta.

Franco.

Colgué los preservativos.

Ante todo, quiero aclararle
a las Juanas de Arco del siglo XXI
que no lean este texto, no es para ellas.
Pero, si no pudiste, Juanita XXI,
no te apures a sacar conclusiones y llegá hasta el final,
en realidad estamos los dos en el mismo juego, perdiendo.

Aparece ella, o cualquiera, pongamos por nombre "Fulanita",
diciendo "Tengo ganas de verte",
y "¿Qué querés hacer?" preguntás como un caballeroso pelotudo,
porque va a darte mil vueltas para que concluyas
invitándola al departamento a cenar
y termines siendo el degenerado pervertido que tanto les gusta
clavándola contra la pared como una obra de arte,
porque ellas son una obra de arte, que nunca se te olvide.

Y ahí comienza la gran epopeya,
cambiás las sábanas, acomodás la habitación,
limpiás el departamento mientras los efectos químicos de la
Lavandina
te mandan de viaje al país de las nubes multicolores.

Pero, no termina ahí la leyenda, porque querés ser distinto
y no formar parte de ese "Histericidio" que hoy hacen los tipos,
encarnando en Carlitos Joughin para cocinarle a la realeza.

Entrás a la carnicería, en la cola,
la señora octogenaria del mismo edificio
te pregunta cuándo vas a ponerte de novio,
que la juventud está perdida
y que el hall del edificio parece un desfiladero animales.
"Si ladra es perra, si te vacía la billetera es gato",
le decís a la vieja para joderla, que siempre
te engancha con alguna a las 8 de la mañana,

y la señora se ríe, te pellizca la mejilla diciéndote que sos terrible.

A la vuelta pasás por la vinoteca a comprar un tinto,
porque de seguro ella, como tantas otras, cae con las manos
vacías;
y automáticamente recordás que vas a necesitar un postre,
y con el postre un Champancito, así qué comprás el vino
y comprás el Champagne; después pasás por la heladería
para adivinar qué gustos le apetecen, ya que elijas el que elijas,
ella va a preguntarte medio chiste, medio verdad
si le viste cara de gorda (un helado que vos nunca vas a probar,
porque como se te la pasó hablando en la cena
no comió un carajo).

Pero nada importa, total después van a la pieza
para perder media hora eligiendo una película
que nunca terminás de ver porque a los 15 minutos
el Comandante Hormonas dirige y querés darle
hasta sacarle la columna por la boca;
mientras el helado se derrite, pero terminan haciendo la
cochinada.

Después de hacerlo, ella tiene hambre de nuevo, porque claro,
no comió en la cena, y el helado ya está derretido,
entonces como no puede dormirse le da a la perorata
proyectando una vida juntos que nunca van a tener,
porque a lo mejor ella ahora está en otra, está de novia,
o simplemente tiene ganas de hincharte las pelotas
porque lo encuentra divertido decirte que
"A vos te toca cada loca de mierda" como eximiéndose
de lo que el tiempo terminará demostrando:
ella va a superar las turbulencias neuronales de la anterior.

... Y... ¡ups!
Al día siguiente tenés que trabajar y cumplir un horario,
cosa que a ella no le importa porque siempre te pide 5 minutos

más,
que se transforman en 30 de fiaca,
más los otros 30 minutos en el baño que se toma
para que la ciudad recupere a su reina.
Pero el título de "Hijo de puta"
te lo ganaste igual porque la estás echando,
o sos "Misógino" porque no sabés tratar a las mujeres.

Y bueh, no te interesa, total, así debe ser la vida…
Entonces, después de tanta parafernalia,
cerca del horario pactado para la cita (que nunca respeta),
ella reaparece de nuevo con su complejo de dama:
"¿Me pasás a buscar?"
Tu mundo se cae abajo, te sentís un forro, un esclavo:
te dijo que tenía ganas de verte,
le armás el menú, le preparás la comida,
le comprás el vino, le comprás el postre,
le comprás el Champagne, le ponés el lugar para coger
(porque la idea original era coger
y no porque ella tenía ganas de verte,
pero uno le sigue el juego
para que después no digan que las tratas como unas putas)
y ella no es capaz de tomarse un taxi…
que encima terminás pagando vos
porque no había cajeros automáticos en el camino.

… No… Basta… Colgué los preservativos…

Yo te remo hasta el Titanic con dos plumas,
pero si vos al menos no te asomás a la barandilla
para mirarme con cara de idiota enamorada,
dejo que te hundas por concha fría.

En la guerra sexista entre
el "Son todas putas" y el "Son todos iguales"
están en el medio los que la pasan mal;

siendo víctimas de este extremismo abstemio de emociones,
donde la pluralidad disecó valores, tergiversó los roles
y de un tiempo a esta parte relacionarse está muy bravo,
porque ante este contexto de pasiones descartables,
de gemidos exprés, latidos fugaces y compromisos efímeros,
todos están a la defensiva, dispuestos al contrataque
y si le sonreís a alguien con buenas intenciones
te sentís que vas en contramano por la 9 de Julio en bicicleta.

Franco.

Más allá del carajo.

Platón, de una patada en culo, me echó de la caverna.
La vida es complicada, pero no más que uno mismo;
asiqué con tal Libertad, me puse a tomar sol,
aunque encandilara, con una cerveza bien fría;
porque, hoy en día, cualquier corriente de pensamiento
puede llevarte puesto, como alud galáctico.

¡Bang! ¡Bang!

¡Big bang!

Esto es un quilombo, peor que el Cambalache de Discépolo.
Y a mí siempre me vieron como el de la locura galopante;
pero, ahora, en un Dodge Demon
con 840 Caballos de Fuerza.

Clásico: El que menos sabe, más supone; me dije,
las etiquetas son pensamientos vagos, atómicos.

¡Pero claro! Pensé, como si una idea se me ocurriese:
Nuestro cerebro es un conjuntito de Ideas
a la cual llamamos Razón, y representa al Intelecto.

Este, no es más que la acumulación
de aciertos y desaciertos que hacen a la experiencia,
propia o ajena, sobre alguna Idea que pudo ser previa o no.

Entonces, cada uno va por la vida
con su conjuntito de Ideas,
y la radiante energía emocional
que le emanan los poros…
sin saber si son verdaderas o falsas.
Porque no todos somos iguales; y cada uno elige
la verdad que más cómoda le queda,

a pesar de que le clave errores para adornarla,
que, es como mentirse a sí mismo.

¿Y entonces? Me pregunté,
como si jugara a la mayéutica.

Para saber qué Ideas dicen la Verdad,
hay que encontrar las evidencias
en las ciencias más empíricas.
Y es ahí, que, entonces,
sólo la disonancia cognitiva
te permite barajar y dar de nuevo,
para aprender de lo que se estaba equivocado.

Dentro de las Ciencias, en los libros, hay diversas Ideas.
Algunos focos, son argumentados desde la Ciencia;
otras, caen por la propia; es decir, son desmentidas.

Pero, éstas, las desmentidas
reencuentran argumentos en su misma Idea,
a pesar de la Ciencia y su evidencia cíclica.
Exactamente igual a cuando cada uno elige
la verdad que más cómoda le queda,
a pesar de que le clave errores para adornarla.

En fin, pensé; yo no sé mucho, poco y nada, la verdad,
sólo me queda ir un poco más allá del carajo
para entender este desastre cultural.
Sólo los locos entenderían, que,
a fin de cuentas, la Ciencia,
está tan segura de ganar,
que no nos damos ni puta Idea.

Puta o no, alguien la parió...
más respeto a la mayéutica.

Franco.

Una trabada a los tiempos que corren.

...Vivimos tan apurados...

Son tiempos velociraptores de falsa comunicación,
de controles absolutos e información a la orden del segundo.
El mal uso de la buena tecnología,
nos va comiendo en carne viva hasta la última neurona.

Andamos en tiempos cósmicos donde el horóscopo
tiene más influencia que una decisión personal,
y una consulta al tarot es más positiva
que la terapia de diván o el reparo de un amigo.

Tiempos de hipocresía acaramelada al beso instantáneo,
como si el amor, a veces, no fuese un holograma en arco iris
con pimienta y crema de estrellas sazonado en Alzhéimer;
dónde dejó de ser toda una aventura,
y es apenas una visita.
Nadie se la juega por nadie
y nos vamos transformando
en traductores de indirectas.

¡Necesitamos una trabada a los tiempos que corren!

Estamos desesperados por encontrar amor;
muy apurados y motivados
por un impulsivo deseo de ilusión...
se apasionan locamente y despliega sus alas
para emprender un gran vuelo,
dentro de una jaula.

Pero... mientras el tiempo sigue corriendo...
al menos yo, cuando termino,
cuando las luces del día se van y la sociedad se apaga,
cuando todos se encuentran consigo mismo;

mi departamento, sigue siendo el lugar
donde me siento libre, incluso de mí...
ahí es cuándo y dónde todo el mundo
tranquilamente se puede ir al carajo.

Franco.

Dogo Argento.

Qué sensación injusta esa la de tener un corazón
y no poder abrirlo; pensé, ya que me la pasé perdiendo,
en el terreno sentimental, con autocrítica; al pedo,
con las manos en los bolsillos, mientras,
pateaba una piedra y la hacía rodar,
como cuando era un nene y mi mundo se limitaba
a ver cómo era la mecánica simple de las cosas.

Tipo grande, pensé; a esta altura y jugando con una piedra.
"El hombre es una especie de juguete inventado por Dios,
dejarlo jugar por tanto a los juegos que más le diviertan.
 A pesar de que eso contradiga a lo que se cree bueno
en nuestros tiempos". recordé a Platón.

Sí, injusto, pensé. Pero, en vez de caer
en el resentimiento antisocial
de que el otro tiene la culpa de mis decisiones;
aproveché que ya me había refugiado la noche
y destapé el mejor whisky que había
(uno malo por este entonces).

Armé un cigarrillo y me dispuse a hacer el viaje introspectivo
hasta lo más profundo de mis experiencias amorosas,
con objetiva visión, resguardada por un paso del tiempo;
ya que leería, de puño y letra, sentimientos viscerales
de jóvenes shakesperianos entre dieciséis y veintidós años.
Sentimentalismo puro, ahí no había Política;
no había otra pasión más que la de encontrar
una fórmula pitagórica para saber quién quería más a quién;
mientras el "Corta vos", "No, cortá vos" del teléfono
explicaba el significado del infinito punto rojo periódico.

Tomé las cartas de uno de los dos o tres folios,
las tenía agrupadas, dentro del desorden común.

Y entonces arranqué por el principio.

Hay que conocer el pasado, para entender
por qué el presente es tan jodido, pensé.

Fui leyendo, una por una, de cada una;
las buenas y malas experiencias estaban ahí
escritas como si fuesen el mapa divido en mil partes
sobre la búsqueda de algún tesoro.
Cuando, por cierto, el tesoro era Ellas para mí
en esas situaciones sentimentalosas,
de modo que entonces lo que hacía
era intentar que se encontraran con ellas mismas.

En el camino, se pueden leer escritos
de algunos latidos desequilibrados
por conocer el amor en lo que intenta ser
la máxima expresión vivida en ese entonces.

Y, justamente, entonces, cómo enojarse
si ninguna estrella fugaz cumplió el deseo eterno.

Cómo enojarse, si del "Te quiero" al "Te amo"
se subía en escaleras hasta el último piso
en la Torre de Babel.

Cómo enojarse, si las letras
de aquellas inocentes líneas adolescentes
prometían poesía hasta el resto de la vida
con garantía de reencarnación extendida.

¿Cómo enojarse con el Amor?

Hay que estar muy roto por dentro; pensé.
Y eso sí que es insanamente ilógico:
Listo, experiencia vivida, aprendo y sigo; me dije.

Sabía que era yo, las cartas eran para ese Yo.
Sentí verme en un espejo roto, ya no me reconocía.

Pero… al verlas todas dispersas sobre el escritorio…
me dije: ese de ahí soy yo, no es ese otro
que cierta gente quiere ver.
Finalmente sonreí, y fui a recargar mi vaso de whisky.

Entendí que el problema está en cuál espejo nos reflejamos,
ya que dependiendo del espejo…
veremos el reflejo que entendemos por realidad.
Porque la gente habla mucho, tanto…
como uno quiere escuchar.

Hoy pareciera ser una selva cultural
donde los conejitos rabiosos de lo políticamente correcto
dicen qué está bien y qué está mal
desde el enfoque visual extraño de su cerebro
en el que cada vez cuesta más relacionarnos
por creer que el apocalipsis zombi en pony de la ética
viene a por nosotros.
Y otra vez estamos en el medio, los del sentido común,
tratando de convivir entre liberales con gorra de plato,
comunistas de gala y chancletas, o socialistas en guardapolvo
que enseñan el alfabeto neorupéstre, como progresista,
pudriendo diccionarios.

Pareciera que de "La Guerra Fría"
empezaron a descongelarse las Ideas,
que se tratan en terapias y no en congresos.
Este reflejo de sociedad, no viene de mi espejo;
yo no soy eso.

Seguramente que Carolina Facebook,
María Instagram, Lucía Whatsapp,

Emilia Youtube y Patricia Twitter,
o incluso, Norma Badoo,
entre más, deben sentir que tampoco
se reflejan sobre estos cristales rotos.

Como también lo son
las de mismo corazón noble, pero cerebro lavado por el
Bolchetismo,
al cual son funcionales y en más peligro están,
por buenas, por ilustres, por tener la pura pasión
(como el frenesí de las cartas en un amor adolescente).

No obstante, a dieta de odio, resentimiento
y rencor ideológico explotado,
son títeres de harapos con mano siniestra
que apunta a los cristales vencidos.

Toda ideología tiene su cáscara de banana, la utopía;
y lo que se ve por estos tiempos, la Idea, por absurda,
es una divina comedia y esto parece el Infierno de Dante.

En fin, dicho lo razonado...
haber perdido algunas veces,
no significa necesariamente que uno sea el problema;
ya que, después de todo,
un león no llega a rey sin cicatrices:
aunque yo sea un perro de presa,
como Dogo Argento.

Serán marcas de experiencias
que uno lleva consigo hasta, quizás,
ilusionarse con curar las heridas en la próxima historia,
o que cierren con el tiempo para una próxima historia,
si el tiempo se lo permite...
pero eso es otra historia.

A todos nos tocó una vida, sin que golpeara la puerta;
y si dentro nuestro hay un laberinto de espejos rotos...
difícilmente la vida puede reconocerse en el reflejo.

Ah y recuerden, no acepten caramelos de extraños;
de las manzanas prohibidas
también se alimentan los gusanos.

Franco.

Mí Espacio, para todo el mundo.

Como la luz, que viaja más rápido que el sonido,
llegó primero su perfume,
y después ella, casi a la par mío.

Abrí los ojos repentinamente. La vi.
Las feromonas hicieron erupción en mi pecho,
y mis fantasías estaban experimentando
unos de los momentos más eróticos de mi vida.
Literatura rebelde y sandalia de paja.

La diferencia entre vos y yo,
es que acepto la poesía, como tal:
son multiversos.

Puedo ser tu crema del cielo,
alguna menta granizada
quizás la sopa inglesa,
o helado de pico dulce.
Siempre supe que sobre gustos
no hay nada escrito....
menos en las heladerías...
y no hay nada más frío que el Espacio.

No pienses, sólo intentá sentir cómo te quiero;
porque en el pensamiento perdemos los dos...
y vos sabés sentir mucho mejor
de lo que yo pienso...
en estos tiempos, ni las hormonas son libres.

Yo, siento Libertad;
la cual, hay una sola.

Vos, Pasión...
las cuales hay dos: odio y amor.

Y en la última luz de la función,
la luna baja el telón.

Franco.

Teoría de Cuerdas.

En aquel bar de alas abiertas de la Chicago Argentina,
la conocí, viniendo de visita desde la feliz.
Con homóloga libertad, sentados,
lado a lado, cada uno en su manada de amigos;
rugí en medio de un debate:
"Porque antes los tipos ingeniosos,
hacíamos cualquier cosa por la mina;
ahora, se van con el primer pelotudo a ruedas
que se les aparece". dije señalando
con la palma de mi mano al viento.

Las carcajadas de la mesa de al lado,
rompían hasta el iceberg que hundió al Titanic.
Esa noche, emborrachamos a Cupido
y nos flechamos de espalda al sol.

Julio Verne danzaba el bals de la lluvia
porque, tras encontrarnos a besos,
en la puerta de un garage, gota a gota,
solos nos dejó la calle, empapados de euforia.

Ya refugiados en mi departamento,
con rayos y truenos al ritmo de 2 chelos,
cabalgamos por todo el cosmos de la noche,
unicornio de fuego.

Quizás ésta sea la historia de dos Solos
que se encontraron en la misma melodía
de esta Teoría de Cuerdas...
liberando sus instintos, la verdadera compañía.

Franco.

Las damas primero.

La Progresía y los conejitos rabiosos de la censura,
meten a palazos y antorchas
a cualquier zorro viejo en la conejera.

Ciertas personas, con frecuencia, y mucha,
confunden Soberbia con Conocimiento...
que es como cruzar la calle con el semáforo en rojo
cuando el de la vereda de enfrente le advierte
que no está en verde.

Pero debatir con un daltónico sobre un color,
es como discutir con un idiota sobre el sentido común.
El tiempo siempre explica todo,
aunque la realidad termine por llevarlo puesto.

Pensé en mis viajes con Código Q
(QRQ) a mis introspecciones en frío
con mi viejo amigo, el gran Sigmund.

Observé algunas Ideas, inconscientemente, o no,
tal vez, tras liberarse de la Caverna platónica
entraban dentro de la Mamushka,
bonita muñequita de invierno ruso.

Qué importante es ser pragmático en la vida;
pensé, subiendo y bajando mis cejas
como un acto reflejo del martillazo a la razón.

Ahí recordé que la oz clavó, como anzuelos,
los paladares intelectuales más distinguidos,
entre las más de 100 millones de personas
comúnmente encerradas.

Grandes filósofos multicolores, o en sepia,

consiguieron avances en nombre de la ciencia,
con un alto costo humano...
como el Escuadrón 731 japonés
en la 2da Guerra Mundial.

¿Quién soy yo para juzgar?

Pero, quizás, se ha hecho desfilar por la Pasarela Cibeles,
la mente de la gente transeúnte por teorías sin relatividad,
como si fuese un errante caracol
sobre un rayador de queso oxidado.

Dīvide et īmpera. Me dijo un viejo truco romano,
y como perro de Pavlov, un impulso intempestivo
ocupó la absolutamente mi psiquis.

Cuando la batalla se da en las calles,
es porque en los libros estamos perdidos.
Asaltos, tras asaltos, sin último round a mí verdad.

Por lo tanto, voy a defender mi libre pensamiento,
aunque mis últimas palabras sean
como las de Arquímedes de Siracusa.

Acá... hay libros y calles...

Y es por ello, que,
estoy seguro sobre este descubrimiento
no copernicano, en materia psicoanalítica...
ya que está al alcance de cualquier mano.

Las divisiones puede que hallan
partido de una equívoca premisa;
como la idea de Foucault y la Deconstrucción,
o John Money y el Género Neutro...
y yo prentendo realmente unir,

para fusionar un mundo mejor… pero no único.

La seducción, es imprescindible entre nosotros.
Como así lo es de natural, el cortejo sexual
en el maravilloso y real reino animal.

… ¿Qué quieren las mujeres?…
Bueno… la solución al cubo mágico está a la vista,
pero hay que resolverlo cuando está desordenado; pensé.

Prof. Jordan Peterson, más que teorías,
sugiere los quehaceres domésticos.
Puntualmente en la habitación; recordé.

No importa la vereda en que estemos parados,
pero… ¡CUIDADO!… la realidad es peligrosa.
Como testigo socrática Norah Vincent
experimentó "los privilegios del Patriarcado"
y concluyó sin dejar de lado su bendito altruismo:
"Falacia del útero plumífero verde", diría yo.

Y la Psicóloga Evolutiva, Anne Campbell;
dio lectura empírica sobre "La Paradoja de Noruega".
Somos exactamente iguales, excepto en el detalle.

Entonces,

…¿Qué quiere una mujer?…

… ¡Compañía! …

Argumento natural y social:

La lógica del baño.

¿Por qué?

Basado en los estudios del Doc Psico,
Simon Baron Cohen; de analítico desarrollo en bebés,
desde el óvulo al esperma en fusión
se encuentran mis argumentos con dialéctica lógica.

Colocó, frente a cada uno,
un objeto mecánico y, a su lado, un rostro.

Concluyó, científicamente, que los niños
pasaban más tiempo observando lo mecánico (tecnológico)
y las niñas en los rostros, es decir lo social (relaciones sociales).

¿Falacia a la generalización apresurada?

Quizás, es sólo Ciencia. Pero, pensemos un segundo.

Siempre me pregunté por qué
una mujer iba al baño de a pares o impares...
pero siempre, en compañía... socialmente.

No así el hombre, quizás, o seguramente
lo que quiere, más que compañía, un momento;
más bien, ese momento.

Cuestión, la diferencia biológica, desde el latido X,
radica dentro del útero; ya que quien produzca
dos veces más de Testosterona, será XY y no XX.

Esta hormona a lo largo del tiempo influenciará
el desarrollo del cerebro, ya que, la Ciencia,
en seguimiento, mostró una evolución social
más lenta en quienes más testosterona reciba.

No obstante, entonces,
si el hombre es más sencillo...

salvemos a las damas primero,
por protocolo universal.

No es mitológica, sino cuántica
la inteligencia por naturaleza.
En líneas generales o en curvas peligrosas
a lo largo del tiempo XX y XY
cruzan sus círculos formando el infinito,
yendo a la par del conocimiento.

Somos lo mismo,
la diferencia está en el detalle.

Acá no hay demagogia para la hinchada,
siempre fui políticamente incorrecto...
y la Patrulla Ideológica del Pensamiento;
me tomó la patente. Se ve desde el multiverso.

Lo que se puede decir, y lo que no.

Y la verdad...

Con el amor probamos todo,
menos hacerlo.

Mi pasión son las mujeres,
la escritura es una consecuencia.

Franco.

Kleroterion.

Con el poco Perfume de Payaso en el aire
Nos quisimos, a decir verdad, No entiendo;
pero Después de todo, No hay vuelta que darle,
Siempre hay una última vez para todo.

El vaso de la bestia no registra Alcoholemia
y la Gente Artificial desconoce
el Juramento Hipocrático
¡Jah! El que hace trampa, pierde.

Tengo corazón, no una verruga,
y las Miss Chernobyl no interpretan a ciencia cierta
la Carta abierta a un amor cualquiera.

La última ex, no supo leerme
desde el Teléfono descompuesto
y se comportó como la Chica Show.

Las dos caras de una moneda común y corriente
no discriminó el Momento Cooltural
golpeando la Puerta del Sol.
Se da las gracias y el ejemplo,
para que, de la unión, nazca la fusión: la mayéutica.

El ebrio hidalgo, siempre mal encasillado,
desde Puerto Shakespeare
escribió a la Querida Minnie
como si fuesen Bromeo Y Julieta,
pero lo enviaron de parrandas con la Señorita Freud…
que, ésta, bajo el título de nobleza,
emuló a Sor Valhala de las Valkirias.

Cuando conocí a Bukowski,
el Manifiesto Glamourista ya era un hecho…

la Historia sin fin de cada día, y cada noche.

Le asustaba su propia sombra A galope de unicornio,
Está muy bravo acá afuera; pensé, mientras cabalgaba
al enfrentarme contra mi propio Monstruo de dos cabezas.

Libertarte, no es sencillo. Sino lo haría cualquiera;
y Lady Kamikaze me sirvió mil tragos
de Pus en almíbar como un elixir.
Pero, eso no era whisky, sino café.

Mmmmhhh… Seguí participando, le dije;
esas cosas no se hacen, son impuras,
y uno, que está en el Fuego Sangrado
atado al mastil en esta caza de brujos…
rugió a mar abierto: Vengan de a uno.

Celebraron sobre mis restos como Ciruja de seda,
y Donde cenizas hubo, el fuego quema.

Ahora, soy el monstruo de Frank Einstein;
otra cicatriz ¿Y cuantas van?
Voy coleccionando puntos.

Los diálogos en Sexpanglish,
dio la mixtura de palabras
y aunque Colgué los Preservativos
fui Más allá del carajo,
dándole Una trabada a los tiempos que corren.

Este Dogo Argento, se expuso acá,
en Mí Espacio para todo el Mundo
sobre esta Teoría de Cuerdas
tocando el arpa de Las damas primero.

La clave es entender el Kleroterion.

¿Cómo? Sencillo:

Sincero, claro y de frente;
desde siempre...

Franco.